서울 시 2

중앙books

작가 소개

작가의 말

목차

전 요즘 시 팔아 먹고 살아요.
시팔이죠.

뭐봐?
시봐.

하상욱은 외모발이라고
하시는 분들이 계신데,

분명히 말씀 드리지만
시발입니다.

상욱님의 어린 시절은 어땠나요?

어렸어요.

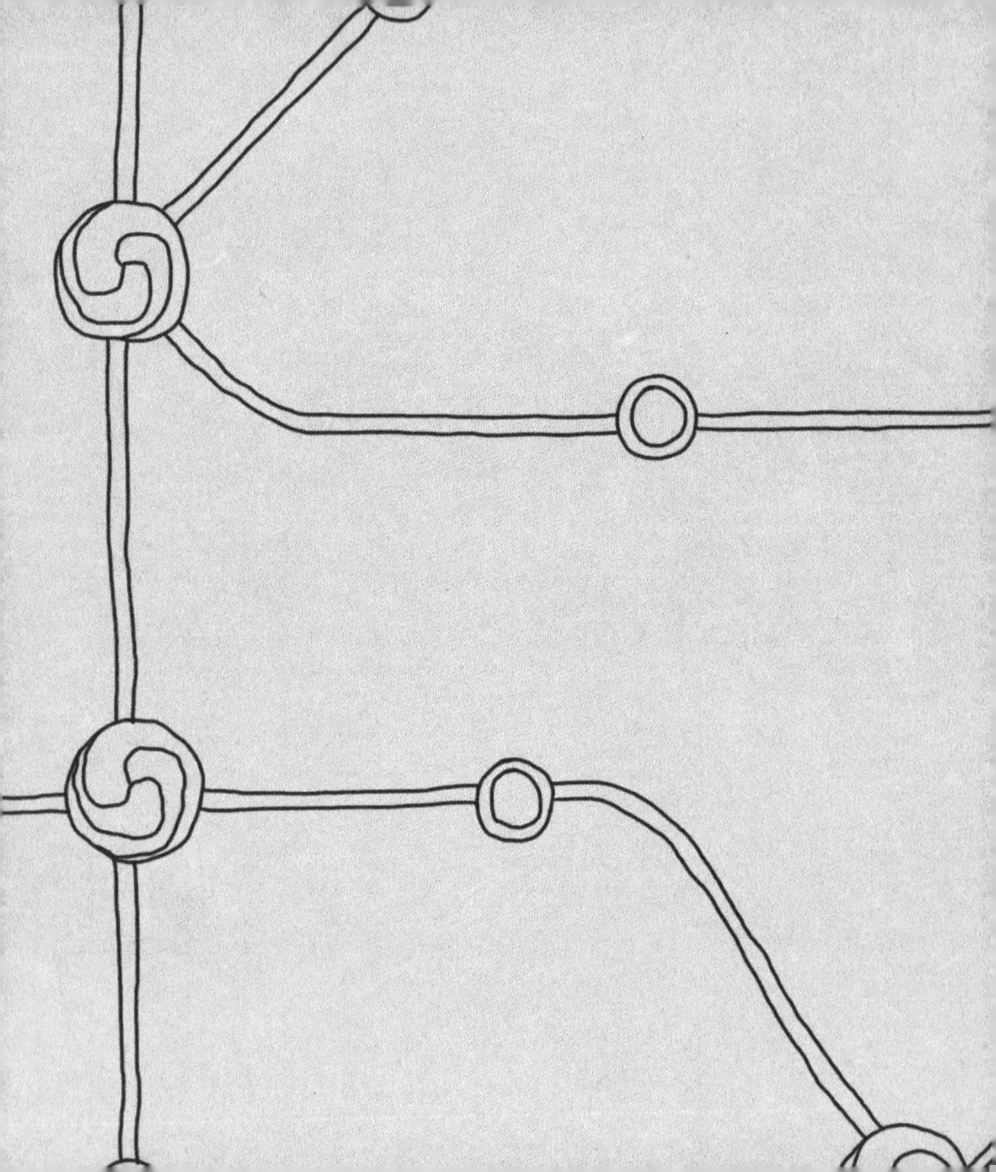

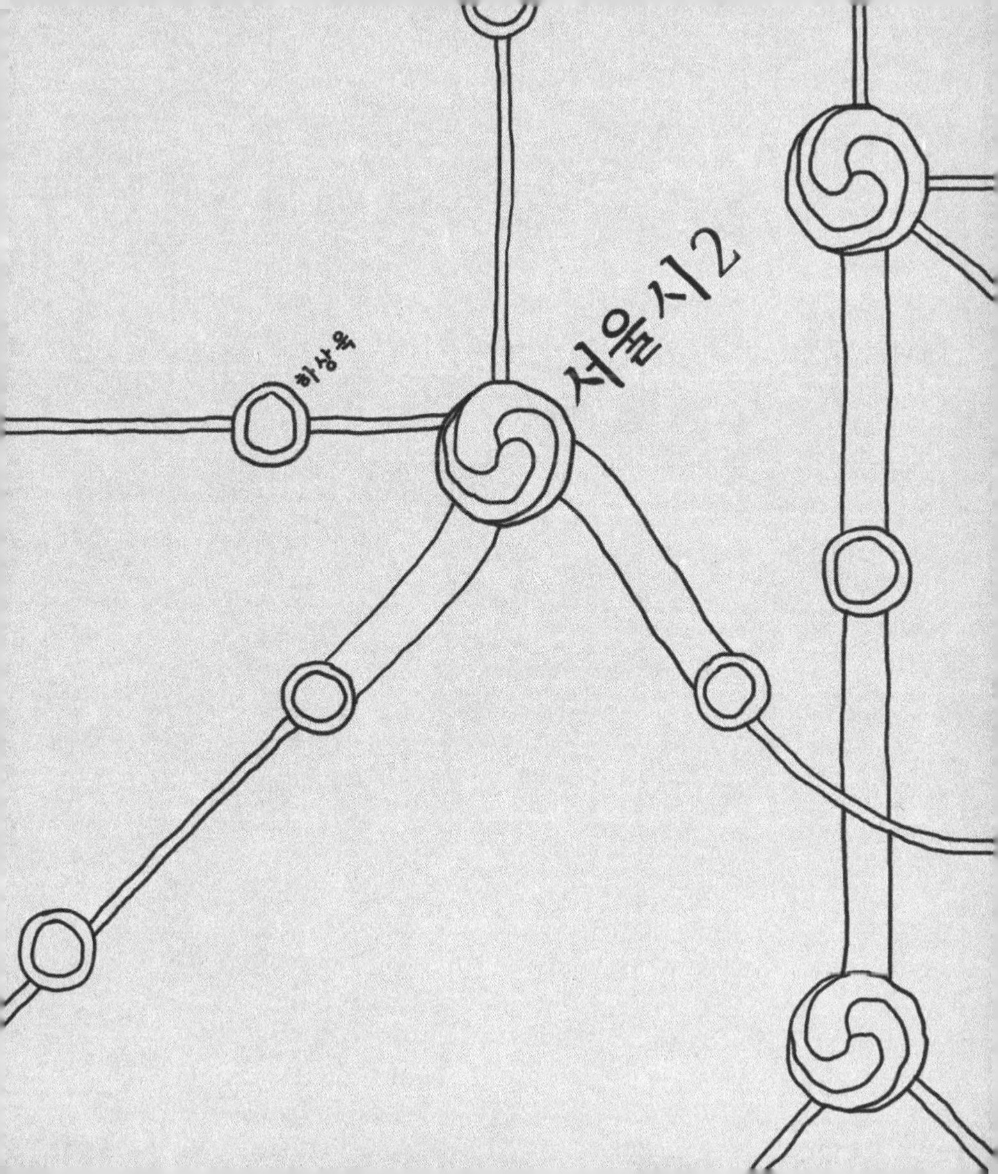
서울시2
하상욱

슬픈
내모습

아픈
내모습

-하상욱 단편 시집 '페북에 올려야돼' 中에서-

할 일이 없어서
페북이나 하는 줄 아냐?

할 일이 있어도

페북이나 하는 거 거든?

막상
없으면

뭔가
허전해

-하상욱 단편 시집 'MSG' 中에서-

너
때문에

더
외로워

-하상욱 단편 시집 '주말' 中에서-

너까지

싫어져

-하상욱 단편 시집 '소개팅 주선자' 中에서-

기대는 실망의 어머니

너를 실망 안 시켜
너가 기대 안 하면

안
보면

맘
편해

-하상욱 단편 시집 '팀장님' 中에서-

어떻게
내게

이럴수
있니

-하상욱 단편 시집 '연봉협상' 中에서-

살았네

살았어

-하상욱 단편 시집 '월급날' 中에서-

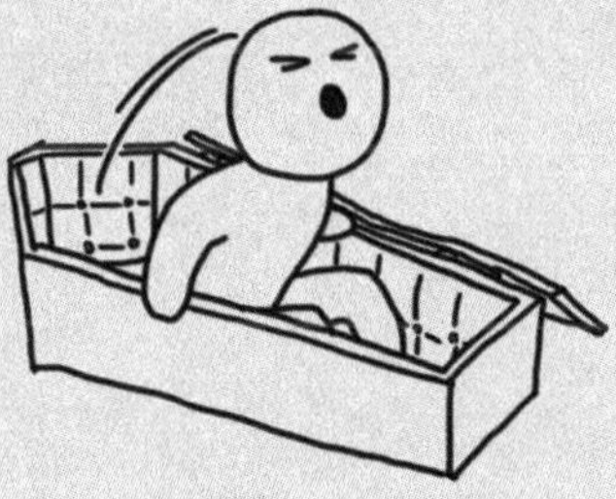

쉽게 번 돈은 쉽게 쓰고

힘들게 번 돈은 다 썼고

패션의 완성은

월급

보고싶긴
하지만

보여주긴
싫어서

-하상욱 단편 시집 '동창회 불참' 中에서-

보긴

뭘봐

-하상욱 단편 시집 '봐서 갈게' 中에서-

더
둘러보고

또
들를게요

-하상욱 단편 시집 '어장관리' 中에서-

잘있을까

괜찮을까

- 하상욱 단편 시집 '주차해둔 새차' 中에서 -

이
생각

저
생각

-하상욱 단편 시집 '카톡을 안 읽음' 中에서-

1

신경쓰지 말아야지
신경쓰지 말아야지

신경쓰지 않는 것에
신경쓰고 있잖아!

무슨
말을

하고
싶니

-하상욱 단편 시집 '잘 지내?' 中에서-

잘 지내?

주지도
말고

받지도
말고

-하상욱 단편 시집 '구남친 연락' 中에서-

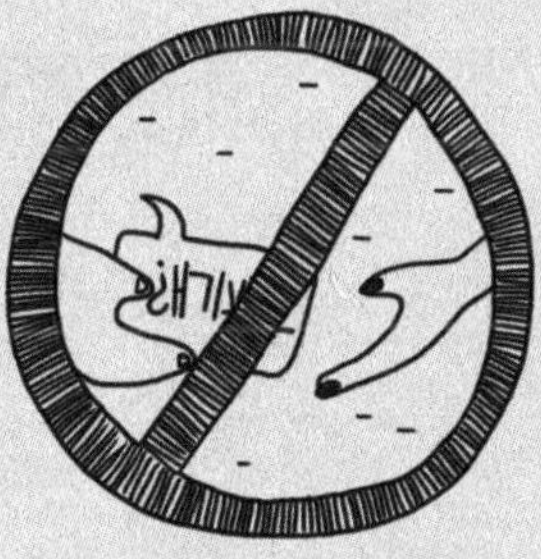

조금 나쁜 놈: 오빠 못 믿니?

진짜 나쁜 놈: 오빠 못 잊니?

좋은 사람에게선 배울 수 있고

나쁜 놈에게선 깨달을 수 있고

꿈을
이루고

꿈에
잠들고

-하상욱 헌정 시집
'울랄라 세션 리더 故 임윤택' 中에서-

있어줘서
고마워

이제부터
잘할게

-하상욱 단편 시집 '내일' 中에서-

벗어
던지고파

떨쳐
버리고파

-하상욱 단편 시집 '젖은 신발' 中에서-

12

내일은
내일의 알람이 울린다

거들떠도
안봤는데

관심조차
없었는데

-하상욱 단편 시집 '건강식' 中에서-

연락하지
않겠다고

다짐하고
다짐해도

-하상욱 단편 시집 '야식집' 中에서-

왜이렇게
사람을

이상하게
만드니

-하상욱 단편 시집 '새벽' 中에서-

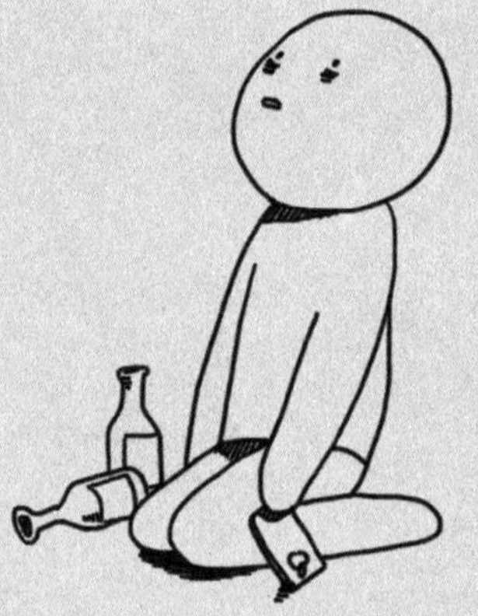

지워
지지도

잊혀
지지도

-하상욱 단편 시집 '취중카톡' 中에서-

술에 취한 날에는
전화기를 잃어버리는 것이
차라리 낫습니다.

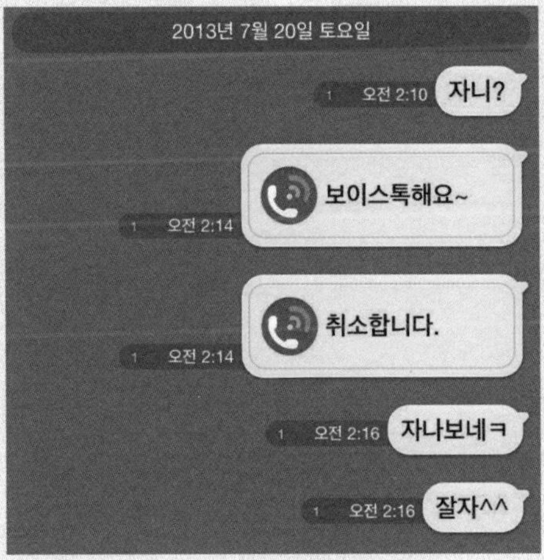
2013년 7월 20일 토요일
1 오전 2:10
자니?
보이스톡해요~
1 오전 2:14
취소합니다.
1 오전 2:14
1 오전 2:16
자나보네ㅋ
1 오전 2:16
잘자^^

취중진담

나중진땀

오래
간만에

정말
푹잤어

-하상욱 단편 시집 '도서관' 中에서-

너
빼고

다
좋아

-하상욱 단편 시집 '시험공부' 中에서-

너를
믿은

내가
바보

-하상욱 단편 시집 '이거 시험 나온대' 中에서-

너도?

-하상욱 단편 시집 '시험 망침' 中에서-

성적표를 보면

성적 수치심이

어차피
다

지나간
일

-하상욱 단편 시집 '시험 끝' 中에서-

당연한줄
알았어

간절함을
몰랐어

-하상욱 단편 시집 '인 서울' 中에서-

주입식 교육보다 무서운 건
주입식 꿈

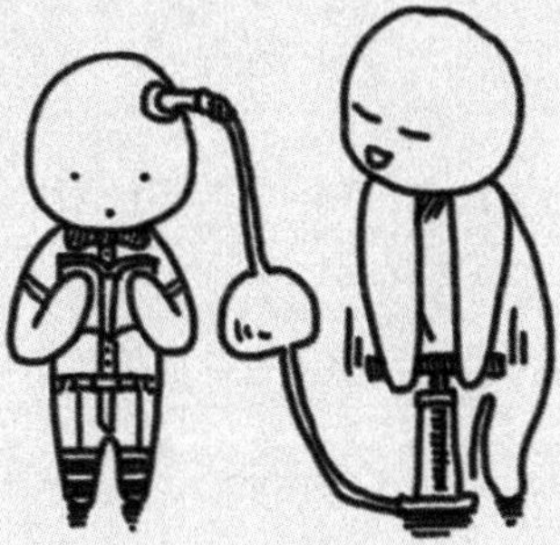

웃고
있어도

눈물이
난다

-하상욱 단편 시집 '개콘 엔딩' 中에서-

어제가
그립지않은

오늘이
그려지기를

오늘이
어제라면

내일이
오늘이면

-하상욱 단편 시집 '일요일' 中에서-

벌써?

-하상욱 단편 시집 '월요일' 中에서-

시작이 반인데
월요일은 시작

일주일 피로의
절반은 월요일

진실
혹은

거짓

-하상욱 단편 시집 '언제 한번 보자' 中에서-

거짓
속에

담긴
진실

-하상욱 단편 시집 '만우절' 中에서-

밝혀지는
진실

드러나는
거짓

-하상욱 단편 시집 '폼 클렌징' 中에서-

자기 소개서 내용은

자기 속에서 찾아요

믿거나

말거나

-하상욱 단편 시집 '거의 다 왔어' 中에서-

믿는
수밖에

그럴
수밖에

-하상욱 단편 시집 '국내산' 中에서-

진실을
선택할까

관계를
생각할까

-하상욱 단편 시집 '내 여자친구 어때?' 中에서-

니 솔직함이
솔직히 빡쳐

장난인데 왜
왜 장난인데

너만
안다고

착각
하지마

-하상욱 단편 시집 '비밀' 中에서-

있을
때

잘
하지

-하상욱 단편 시집 '언팔' 中에서-

니가
없는

그곳
에는

-하상욱 단편 시집 '뒷담화' 中에서-

남의 문제를 말하는 게
나의 문제인 걸 몰랐네

돌직구를 던지려거든
제구력부터 갖춰주길

앞에서 할 수 없는 말은

SNS에서도 하지 마라

한쪽이

떠나가고

반쪽은

버려지고

-하상욱 단편 시집 '이어폰' 中에서-

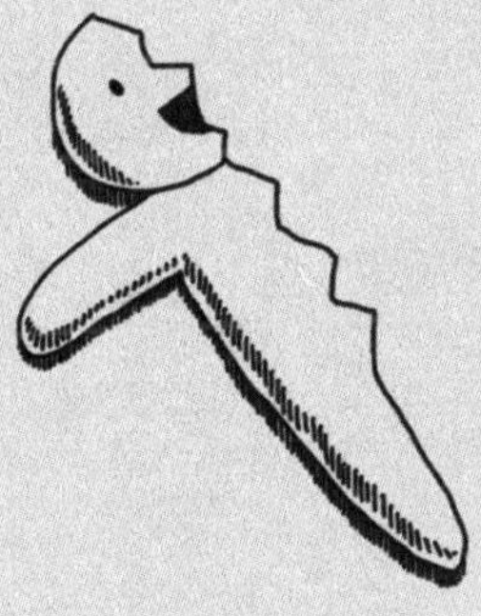

또
어딜

간
거니

-하상욱 단편 시집 '리모콘' 中에서-

눈을
떠보면

니가
있을까

-하상욱 단편 시집 '공포영화 후유증' 中에서-

다시
올순

없는
거니

-하상욱 단편 시집 '여름휴가' 中에서-

보면
안되는데

자꾸
보고싶어

-하상욱 단편 시집 '내가 보면 꼭 지더라' 中에서-

내

이야길

왜

니가해

-하상욱 단편 시집 '이별 노래' 中에서-

사랑은 뻔해
뻔하게 변해

변해서 분해
분해도 또해

이별은 옳았다
그래도 울었다

님이라는 글자에 점 하나를 찍으면,

넘.

일하고
싫어요

일하게
해줘요

-하상욱 단편 시집 '전 직원 등산' 中에서-

이상
하게

맘은
편해

-하상욱 단편 시집 '야근' 中에서-

알수없는
미안함

밀려오는
부담감

-하상욱 단편 시집 '정시퇴근' 中에서-

출근 시간은 어기면 욕먹고

퇴근 시간은 지키면 욕먹고

막

좋지도

막

싫지도

-하상욱 단편 시집 '월급날' 中에서-

이거
받자고

내가
그동안

-하상욱 단편 시집 '적립포인트' 中에서-

월급은 배

통장은 항구

못
하겠어

참
어려워

-하상욱 단편 시집 '만족' 中에서-

이상
하게

약이
올라

-하상욱 단편 시집 '한입만' 中에서-

나도
모르게

비교
하게돼

-하상욱 단편 시집 '목욕탕에서' 中에서-

인간도
아냐

사람도
아냐

-하상욱 단편 시집 '원빈' 中에서-

너만
알아주는

멋진
나의모습

-하상욱 단편 시집 '화장실 거울' 中에서-

환상을 깼더니

그 안엔 너라는 보물이

달라보여

매력있어

-하상욱 단편 시집 '특가상품' 中에서-

이번엔
결코

놓치지
않아

-하상욱 단편 시집 '재입고' 中에서-

이번이
마지막

당신이
마지막

-하상욱 단편 시집 '청혼' 中에서-

나 너에게 반했다

나머지 반은 너가 나에게 해라.

항상 널 아껴줄게

아껴야 잘 사니까

니가
좋으면

나도
좋은걸

-하상욱 단편 시집 '날씨' 中에서-

• 특별산하: 김창완

변화는 있어도
변함은 없기를

생각하는 것은 달라도
생각하는 맘은 같기를

천생

연분

-하상욱 단편 시집 '치맥' 中에서-

뭘해도
예쁘대

뭐든지
예쁘대

-하상욱 단편 시집 '옷가게 언니' 中에서-

농담이 좀 지나치면

그냥은 못 지나치지

참아

-하상욱 단편 시집 '쌩얼' 中에서-

내가
변해설까

네가
변해설까

-하상욱 단편 시집 '언팔' 中에서-

내 생각만 하더니
니 생각만 하다니

반하더니
변하다니

바라만 보면서

바라고 있었나

아무리
혼자

떠들어
봤자

-하상욱 단편 시집 '차단' 中에서-

시작하는 사이는
침묵이 어색하고

끝나가는 사이는
대화가 어색하고

누구야?

-하상욱 단편 시집 '과거 사진' 中에서-

보면서도

못믿겠어

-하상욱 단편 시집 '뉴스' 中에서-

믿지마

속지마

-하상욱 단편 시집 '안 데려다 줘도 돼' 中에서-

-하상욱 단편 시집 '(냉무)' 中에서-

생각없는 말들이

생각하게 만들어

얻는건
한참

잃는건
순간

-하상욱 단편 시집 '배터리' 中에서-

쓰기에도

두기에도

-하상욱 단편 시집 '십원짜리' 中에서-

지금
할까

이따
할까

-하상욱 단편 시집 '돈 얘기' 中에서-

정
때문에

맘
약해서

-하상욱 단편 시집 '보험 가입' 中에서-

있는
듯

없는
듯

-하상욱 단편 시집 '적금 이자' 中에서-

다양
하고

푸짐
하고

-하상욱 단편 시집 '세금' 中에서-

티끌
모아

태산

-하상욱 단편 시집 ‘스트레스’ 中에서-

나만 힘든 줄 알았다

다들 안 알랴줌 거다

안알랴쥴 거면서
이렇게들 쓰더라

내 프로필

하상욱

외롭다, 내가 만만해?, 그렇게 살지마, 힘들다, 난 왜 이럴까, 18, 짜증나, 보고 싶어...

다

됐나?

덜

됐나?

-하상욱 단편 시집 '어른' 中에서-

조작된
역사

과장된
신화

-하상욱 단편 시집 '군대 얘기' 中에서-

가긴

가나

-하상욱 단편 시집 '국방부 시계' 中에서-

다들
하는 말

그냥
하는 말

-하상욱 단편 시집 '팬이에요' 中에서-

하상욱(33, 시팔이)

좀 알려진 후로는

사람 많은 곳을 피하고 있어요.

알아보는 사람 없을까봐.

들켰네?

하상욱 왜이렇게 웃기지? 지금 이것도 검색해서 보면서 좋아하고 있을 것만 같음.
13. 7. 24. 오후 2:50
리트윗 9회
5시간
ㅋㅋㅋㅋ하상욱님이 리트윗 했어요
5시간
ㅋㅋㅋㅋㅋ 웃기죠 저분 맨날 자기 이름 검색해보고 리트윗하는 듯 약간 즐기시는거 같아요
5시간
엌ㅋㅋㅋㅋㅋㅋ 진짜 웃기다 귀요미네요ㅋㅋㅋㅋㅋㅋㅋ
5시간
아마 지금 우리 대화나누는 것도 보고있을걸요?ㅋㅋㅋㅋㅋㅋㅋ 귀요미라고 해서 좋아하실지도 ㅋㅋㅋ
하상욱 @TYPE4GRAPHIC
5시간
들켰네?
5시간
@TYPE4GRAPHIC 호러 영화 수준 ㅋㅋㅋㅋㅋㅋㅋㅋㅋ 소름돋았네

시를 써서 스타가 되면

시스타

진짜
싫은데

자꾸
끌리네

-하상욱 단편 시집 '막장드라마' 中에서-

꼴보기
싫은데

빼기도
그렇고

-하상욱 단편 시집 '복점' 中에서-

내면을
모르면

외면을
하더라

우기지
마오

웃기지
마오

-하상욱 단편 시집 '트리플 악셀' 中에서-

지고는

못살아

-하상욱 단편 시집 '한일전' 中에서-

그

순간은

불

타올라

-하상욱 단편 시집 '헬스장 등록' 中에서-

되찾은

내모습

-하상욱 단편 시집 '요요현상' 中에서-

추락이

아냐

돌아온

거야

-하상욱 단편 시집 '자이로드롭' 中에서-

실패는 잊어도
실수는 잊지마

반성은

완성의
반이다

내
고향

흙
냄새

-하상욱 단편 시집 '서울에 황사' 中에서-

추억이

한가득

-하상욱 단편 시집 '장롱 밑' 中에서-

2
이리온

참
착했는데

좀
달랐는데

-하상욱 단편 시집 '우리 맨' 中에서-

서로가

눈치만

-하상욱 단편 시집 '닭다리' 中에서-

이상한 사람이 많아 보였다

다양한 사람이 많은 거였다

저 사람 대체 왜 저러는지 모르겠는 건

내가 모르기 때문이다

말하는
대로

원하는
대로

-하상욱 단편 시집 '갑' 中에서-

당신이
말한다면

당신이
원한다면

-하상욱 단편 시집 '을' 中에서-

신입: 더러움이 뭔지 배운다
대리: 더러워서 회사 옮긴다

팀장: 더러워도 회사 다닌다
사장: 더럽다고 해도 하겠다

떠나고파

어디라도

-하상욱 단편 시집 '이직' 中에서-

넌
몰라

잘
몰라

-하상욱 단편 시집 '사회생활' 中에서-

"젊어 고생은 사서 하는 거라고 합니"

"안 사요"

노력이
항상

최선은
아냐

-하상욱 단편 시집 '캐시 아이템' 中에서-

좀
부러웠어

참
이상하지

-하상욱 단편 시집 '동료의 퇴사' 中에서-

취직이냐 퇴직이냐

어렵기는 마찬가지

이게

뭐라고

이리

힘들까

-하상욱 단편 시집 '메뉴 선택' 中에서-

$$f^{(3)}(\text{밥}) = \frac{\text{죽}^{2\text{ㄹ}}}{\text{한식}\pi\text{ㄹ}} \oint_{mc} \frac{f(\text{초밥})\,Kfc}{(\text{중국집} - \text{짜장})^4}$$

$$\|$$

$$f^{(3)}(\text{탕}) = \text{찌개}\, e^{2w} \Big|_{w=\text{전골}} = ?$$

고민의 끝은

또다른 고민

해도
될까

욕심
일까

-하상욱 단편 시집 '2절' 中에서-

느낌이
왔었는데

확신이
있었는데

-하상욱 단편 시집 '휴대폰 진동' 中에서-

기준이
뭐야

납득이
안돼

-하상욱 단편 시집 '노래방 점수' 中에서-

노력
해봐도

도전
해봐도

-하상욱 단편 시집 '로또' 中에서-

처음엔
밑져도 본전

나중엔
미쳐도 본전

묘한
패배감

약간
후회함

- 하상욱 단편 시집 '양보운전' 中에서 -

나도
몰랐던

진짜
내모습

-하상욱 단편 시집 '운전' 中에서-

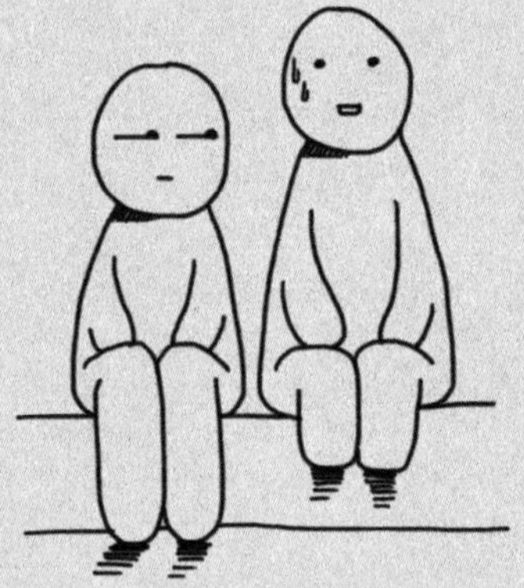

그것
까지

작진
않아

-하상욱 단편 시집 '앉은 키' 中에서-

"잘한다 잘한다" 하니까
더 잘하게 되더라구.

"자란다 자란다" 도 좀 해주지...

꽃 중의 꽃
자기 합리花

남겨진
것들은

버려질
수밖에

-하상욱 단편 시집 '음식물 쓰레기' 中에서-

돈
쓰지마

애
쓰지마

-하상욱 단편 시집 '자연 탈모' 中에서-

부질

없어

-하상욱 단편 시집 '책상 정리' 中에서-

책상이나 생각이나

정리해도 소용없는 건 마찬가지

한때는
너도

그때는
너도

-하상욱 단편 시집 '신제품' 中에서-

최첨단

왜 넌
몰라줄까

왜 난
기대할까

-하상욱 단편 시집 ‘머리 한 날’ 中에서-

너를 담다가

너를 닮아가

남들이
뭐래도

우리는
행복해

-하상욱 단편 시집 '커플룩' 中에서-

유전
무죄

무전
유죄

-하상욱 단편 시집 '발렌타인데이' 中에서-

화이트 데이가 영어로 Fight Day 맞죠?
연인들 싸우는 날.

사랑 싸움
사랑 쌓음

빌지
말고

떳떳
하게

-하상욱 단편 시집 '소원' 中에서-

메롱

메롱

-하상욱 단편 시집 '키스' 中에서-

담배로 치면,
뽀뽀는 겉담배 같다고 할까?

낮에는 낮술
밤에는 입술

좋은

밥 먹고

일은

안 하고

-하상욱 단편 시집 '식곤증' 中에서-

있는

척

가진

척

-하상욱 단편 시집 '뽕브라' 中에서-

있긴

있어

- 하상욱 단편 시집 '장롱면허' 中에서 -

하고싶은
것이

너무나도
많아

-하상욱 단편 시집 '성형수술' 中에서-

남들이
놀 때가

열심히
할 때다

-하상욱 단편 시집 '계절학기' 中에서-

내

친구가

곧

경쟁자

-하상욱 단편 시집 '카톡게임' 中에서-

적을 알고 나를 알면

친해질 수 있잖아

미우나
고우나

우리는
한식구

-하상욱 단편 시집 '바퀴벌레' 中에서-

반전의
연속

긴장의
연속

-하상욱 단편 시집 '일기예보' 中에서-

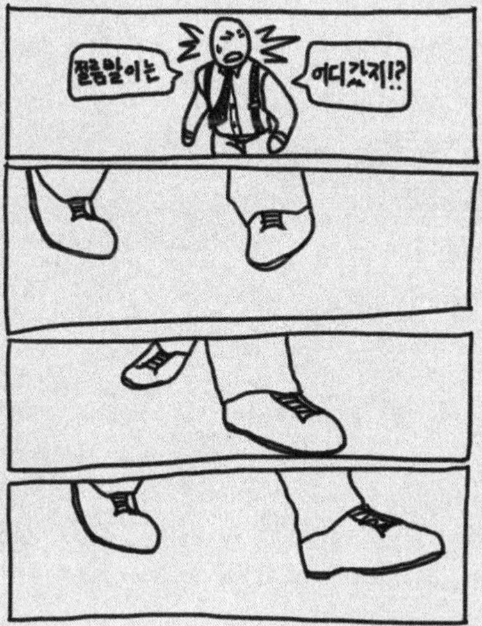

유주얼 서스펙트 中에서...

너
때문에

돈
버렸어

-하상욱 단편 시집 '영화 예고편' 中에서-

날좀
보소

날좀
보소

-하상욱 단편 시집 '악플러' 中에서-

남의 수준을 까내리는 것으로

나의 수준을 증명하려 하지마

선행학습보다 먼저

선행을 학습했으면

11
11

11월

11일

-하상욱 단편 시집 '농업인의 날' 中에서-

태풍 오면
어쩌지

전쟁 나면
어쩌지

-하상욱 단편 시집 '택배 예정일' 中에서-

끝없는

기다림

-하상욱 단편 시집 '놀이공원' 中에서-

이왕
줄거

지금
주지

-하상욱 단편 시집 '청구할인' 中에서-

왜

이제와서

난

어쩌라고

-하상욱 단편 시집 '사자마자 가격인하' 中에서-

핑계 없는
구매 없다

아껴야
또산다

죄인

같아

-하상욱 단편 시집 'A형' 中에서-

밤엔

좀

쉬자

쫌

-하상욱 단편 시집 '열대야' 中에서-

되는
거야

마는
거야

-하상욱 단편 시집 '수강신청' 中에서-

말도

안돼

-하상욱 단편 시집 '겨우 수요일' 中에서-

금요일은 불금

목요일은 不금

도대체
니가

하는게
뭐야

-하상욱 단편 시집 '방충망' 中에서-

세상
살다보니

나도
물들었네

-하상욱 단편 시집 '흰머리' 中에서-

어떻게넌
그런말을

아무것도
모르면서

-하상욱 단편 시집 '기획자와 디자이너' 中에서-

나에게 실망하는
너에게 실망이야

이해와 오해는 삼끗 차이

오늘만

날인가

-하상욱 단편 시집 '어버이날' 中에서-

안
아파

못
아파

-하상욱 단편 시집 '아빠' 中에서-

아파도 괜찮아
아빤 또 괜찮아

고맙단 말도
못했는데

어느새 나를
떠나갔네

-하상욱 단편 시집 '드라이 아이스' 中에서-

해보기

전엔

모르는

거야

-하상욱 단편 시집 '부모마음' 中에서-

대단한 위인을 존경해

평범한 당신을 존중해

〈독자평〉

"정말 재밌구
시집이라고 느껴지지 않을
정도로 계속 읽게 됩니다.
두고두고 놓고 읽을 책입니다.
후회안해요"

-중고나라 게시글 '서울시 팝니다' 中에서-

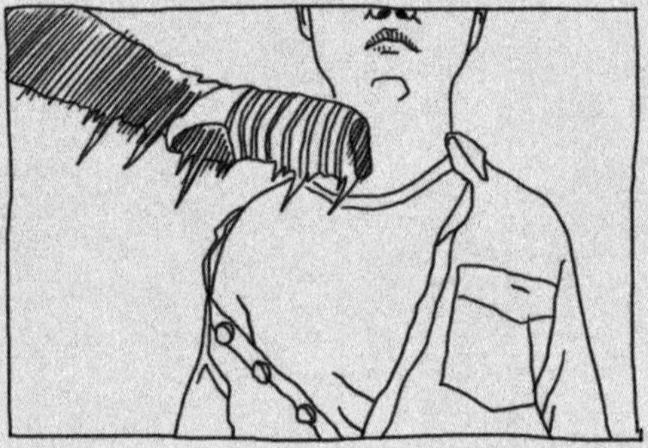

제가 길게 쓸 필요가 있나요.

읽는 분들의 인생에
더 많은 이야기가 담겨 있는데.

금방 읽을 순 있어도

금방 잊을 순 없기를

작가의 말

<땡스 투...>

땡스 땡스

서울 시 2

초판 1쇄 2013년 9월 6일
26쇄 2018년 8월 23일

지은이 | 하상욱

발행인 | 이상언
제작총괄 | 이정아
편집장 | 조한별

발행처 | 중앙일보플러스(주)
주소 | (04517) 서울시 중구 통일로 92 에이스타워 4층
등록 | 2008년 1월 25일 제2014-000178호
판매 | 1588-0950
제작 | (02) 6416-3950
홈페이지 | jbooks.joins.com
페이스북 | www.facebook.com/hellojbooks

ISBN 978-89-278-0472-7 03810